Invitation

Voici Émeraude, la licorne globe-trotteuse.
Comme toutes les licornes, elle aime danser sur des arcs-en-ciel, exaucer des vœux et nager sous des cascades.
Mais surtout, Émeraude aime l'aventure et les jeux!
Accompagne-la dans son voyage magique et ses parties de cache-cache fantastiques!

__________________ est cordialement invité·e à rejoindre Émeraude dans un jeu de cache-cache épique à travers différentes contrées !

Au cours de tes pérégrinations, viens braver les rivières ardentes de la Terre de Lave, faire de la plongée sous-marine et naviguer dans les grottes de cristal étincelantes, à la recherche d'Émeraude.

ATTENTION:
Émeraude est espiègle, c'est aussi la reine du déguisement, alors observe très attentivement! Si tu n'arrives pas toujours à la trouver, tu peux aller voir les réponses, à partir de la page 54.

Alors, qu'est-ce que tu attends?

Tourne la page et trotte!

Natasha Rimmington · Violet Peto

Cherche & trouve

la licorne magique

FLEURUS

Le carnaval de corail

Aujourd'hui, c'est le carnaval au Royaume sous-marin! Émeraude s'amuse avec ses amis des eaux profondes qui nagent au milieu de la fête. Peux-tu la trouver dans la foule?

Tu peux aussi chercher:

- Un cow-boy sirène sur un hippocampe
- Un dompteur de poissons
- Un crabe chef d'orchestre

Enfile tes patins à roulettes!

Lance-toi sur la piste de danse pour te déhancher sur un air de disco endiablé. Vois-tu Émeraude qui se trémousse au rythme de la musique?

Tu peux aussi chercher:
Un chapeau haut de forme
Un chat
Un costume de hot dog

C'est la course !

Trois, deux, un... Partez! Émeraude croise les sabots pour que son amoureux, le célèbre Prince Charmant, termine la course en premier! Arriveras-tu à la trouver?

Tu peux aussi chercher:

- Un escargot
- Une trompette
- Un serpent rouge

Le rat de bibliothèque

Émeraude adore aller à la bibliothèque
pour lire des histoires pleines d'aventures.
Mais où est-elle cachée?

Un merveilleux hiver !

Il est si amusant de patiner sur un lac gelé, mais attention à ne pas tomber... sauf si c'est sur Émeraude ! Où a-t-elle encore bien pu passer ?

Tu peux aussi chercher :

- Un bonhomme de neige avec une guimauve
- Un trophée
- Une tortue qui fait du patin à glace

20

La Terre de Lave

La Terre de Lave porte bien son nom... Quelle chaleur!
Trouveras-tu Émeraude qui se cache parmi les gobelins,
les dragons et les chevaliers?

Tu peux aussi chercher:
Un gobelin qui tient un hot dog
Un crâne
Un bébé ogre avec un nœud sur la tête

Bienvenue à la ferme

Émeraude rend visite à ses amis de la ferme.
Peux-tu la trouver parmi tous ces animaux bruyants?

Tu peux aussi chercher:

- Une chèvre qui porte une cloche
- Un mouton rose
- Un héron

Un pique-nique de fête !

Le jardin Enchanté est en fleurs. Émeraude
et ses amis célèbrent le printemps avec un fantastique festin !
L'aperçois-tu dans la foule ?

Tu peux aussi chercher :

- Une tranche de pastèque
- Un tigre
- Un cerf-volant

La fête foraine

Émeraude adore faire des tours de manège. Elle a fait toutes les attractions deux fois! Sur laquelle est-elle maintenant?

Tu peux aussi chercher:

Des pop-corn

Un chien qui glisse

Une citrouille

Le Royaume cosmique

Émeraude fait un voyage dans une galaxie très, très lointaine.
Peux-tu la trouver parmi les étoiles filantes ?

Tu peux aussi chercher :

- Une souris de l'espace
- Un cheval extraterrestre
- Une météorite

Au centre commercial

Émeraude est venue faire les boutiques jusqu'à la fermeture ! Dans quel magasin a-t-elle bien pu se cacher ?

MARCHAND DE GLACES
Hamburgers & Cie
EN SALLES :
À LA POURSUITE DE LA LICORNE PERDUE
Tu peux aussi chercher :
Un ballon de plage
Un garçon sur un skateboard
Une femme aux cheveux multicolores

Le banquet préhistorique

Émeraude joue à cache-cache avec ses amis dinosaures.
Essaie de trouver sa cachette !

Tu peux aussi chercher :
Un scientifique dans une machine à remonter le temps
Un fossile en spirale
Un stégosaure

La forêt des contes de fées

Entre dans ce livre enchanté et retrouve tous tes amis des contes de fées. Où Émeraude est-elle cachée?

Tu peux aussi chercher :

Une rose rouge

Une pantoufle de vair

Un crocodile affamé

Une journée au musée

Émeraude visite un musée pour apprendre plein de belles choses! Peux-tu la trouver au milieu de tous les objets exposés?

Tu peux aussi chercher :

- Une canne
- Un voleur
- Un hérisson

Cafétéria
Espace

Le village des sorcières

C'est jour de marché au village des sorcières, et Émeraude est venue acheter une fiole de sabot magique pour pouvoir voler. Arriveras-tu à la repérer dans ce lieu ensorcelé?

Tu peux aussi chercher :

- Une araignée géante
- Une théière
- Un singe avec un chapeau pointu

Arbre magique
Salon de thé à bulles
Magasin de potions
Bonne aventure
BUS SCOLAIRE
Baguettes et accessoires

Le défilé

Tout le monde s'est rassemblé dans la rue pour assister au défilé de l'Arc-en-Ciel. Où se cache Émeraude?

Tu peux aussi chercher :
Un pingouin
Un raton laveur
Un clown
FERMÉ

Le bazar

La lampe magique d'Émeraude est à court de souhaits ! La licorne est venue dans ce désert enchanté pour en acheter une nouvelle. Déambule à sa recherche dans ce bazar merveilleux.

Tu peux aussi chercher :

- Un singe tenant un joyau
- Un paon
- Un charmeur de serpents

La montagne sens dessus dessous

Émeraude adore la vitesse!
L'aperçois-tu qui dévale la piste de ski?

Tu peux aussi chercher :
Un hibou des neiges
Rudolph, le renne au nez rouge
Un yéti

Le pays des sucreries

Émeraude est allée au pays des sucreries pour aider à récolter des bonbons. La vois-tu parmi toutes ces friandises?

Tu peux aussi chercher :

- Un appareil photo
- Une crème glacée
- Un bonhomme de pain d'épices sur un skateboard

La nuit de la peur

Émeraude aime frissonner de peur devant un bon film d'horreur.
Retrouve-la dans le public du cinéma en plein air
de la forêt de l'Effroi.

Tu peux aussi chercher :
Une fiole de potion
Un pirate fantôme
Une momie
P3UR5

Le mont Olympe

Viens rencontrer les mystérieuses créatures de la mythologie, mais ne regarde pas Méduse dans les yeux, sinon tu deviendras de l'histoire ancienne! Peux-tu trouver Émeraude dans cette terre de légende?

Tu peux aussi chercher :

- Quelqu'un qui porte des lunettes de soleil
- Un roi avec un trident
- Des loutres battant des pattes

Le paradis des pirates

Les pirates font une pause dans leurs aventures pour se détendre sur une île déserte. Vois-tu Émeraude qui s'amuse au soleil?

Tu peux aussi chercher:
Un bocal à poisson
Un toucan
Un chat pirate

Les mines de cristal

Émeraude s'est rendue dans les mines de cristal
à la recherche d'une pierre de lune magique.
Peux-tu la trouver parmi les mineurs occupés?

Mines de cristal
Tu peux aussi chercher:
Un gâteau d'anniversaire
Une radio
Un diamant blanc

Une plongée sous-marine

Rejoins les plongeurs dans leur quête pour trouver
le légendaire trésor perdu de la baie des Boucaniers,
et profites-en pour trouver ta licorne préférée.

Tu peux aussi chercher:

- Un poisson-globe
- Un homme avec une longue-vue
- Un narval

Une nuée de ballons

Émeraude s'est envolée dans le ciel pour une aventure qui ne manque pas d'air! La vois-tu parmi tous ces merveilleux aviateurs?

Tu peux aussi chercher:

- Un singe
- Un vampire qui vole
- Une mariée

Solutions

Pages 4-5 : Le carnaval de corail

Pages 6-7 : Enfile tes patins à roulettes !

Pages 8-9 : C'est la course !

Pages 10-11 : Le rat de bibliothèque

Pages 12-13 : Un merveilleux hiver !

Pages 14-15 : La Terre de Lave

Pages 16-17 : Bienvenue à la ferme

Pages 18-19 : Un pique-nique de fête !

Pages 20-21 : La fête foraine

Pages 22-23 : Le Royaume cosmique

Pages 24-25 : Au centre commercial

Pages 26-27 : Le banquet préhistorique

Pages 28-29 : La forêt des contes de fées

Pages 30-31 : Une journée au musée

Pages 32-33 : Le village des sorcières

Pages 34-35 : Le défilé

Pages 36-37 : Le bazar

Pages 38-39 : La montagne sens dessus dessous

Pages 40-41 : Le pays des sucreries

Pages 42-43 : La nuit de la peur

Pages 44-45 : Le mont Olympe

Pages 46-47 : Le paradis des pirates

Pages 48-49 : Les mines de cristal

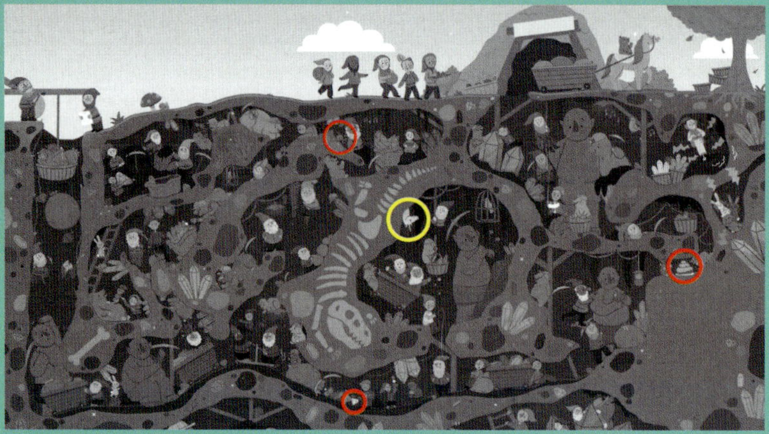

Pages 50-51 : Une plongée sous-marine

Pages 52-53 : Une nuée de ballons

FLEURUS

Titre original en langue anglaise : *Find the Magical Unicorn*
publié en Angleterre en 2022 par Arcturus Publishing Limited
26/27 Bickels Yard, 151-153 Bermondsey Street,
Londres SE1 3HA

Textes : Violet Peto
Illustrations : Natasha Rimmington
Mise en pages : Sarah Fountain
Conception : Rosie Bellwood
Édition : Joe Harris

Pour l'édition française
Traduction : Anne Kalicky
Direction : Guillaume Pô
Direction éditoriale : Juliette Spitéri
Édition : Sophie Brault et Marion Chauvigné
Direction artistique : Laetitia Robaeys
Mise en pages : Éloïse Jensen

Dépôt légal : janvier 2023
N° d'édition : J23021
ISBN : 978-2-215-18365-5
MDS : FS83655
Achevé d'imprimer en décembre 2022 par Rotolito Romania en Roumanie
Loi n° 49-956 du 16 juillet 1949 sur les publications destinées à la jeunesse, modifiée par la loi n° 2011-525 du 17 mai 2011.

Imprimé sur du papier PEFC™

PEFC™ PEFC/46-31-13